Nous remercions le ministère du Patrimoine canadien,
la SODEC et le Conseil des Arts du Canada
de l'aide accordée à notre programme de publication

 Patrimoine   Canadian
canadien   Heritage

    Conseil des Arts   Canada Council
du Canada   for the Arts

ainsi que le gouvernement du Québec
– Programme de crédit d'impôt
pour l'édition de livres
– Gestion SODEC.

Nous reconnaissons l'aide financière
du gouvernement du Canada
par l'entremise du Programme d'aide au développement
de l'industrie de l'édition (PADIÉ) pour ce projet.

Illustré par :
Claude Thivierge

Montage de la couverture :
Conception Grafikar

Édition électronique :
Infographie DN

Dépôt légal : 2e trimestre 2011
Bibliothèque nationale du Canada
Bibliothèque nationale du Québec

1234567890 IM 987654321

Copyright © Ottawa, Canada, 2011

Éditions Pierre Tisseyre
ISBN 978-2-89633-154-3
11376

Pas de chocolat
pour Twister

Série Twister,
chien détecteur

COLLECTION
PAPILLON

DE LA MÊME AUTEURE
AUX ÉDITIONS PIERRE TISSEYRE

Collection Sésame

La télévision ? Pas question !, roman, 2006.
   Sélection Communication-Jeunesse.

Collection Papillon

Les soucis de Zachary, roman, 2007.
   Sélection Communication-Jeunesse et finaliste
   aux Prix littéraires Hackmatack et Tamarack 2008-2009.

Série Twister, chien détecteur

1. *Ma rencontre avec Twister,* roman policier, 2003.
   Sélection Communication-Jeunesse.
2. *Twister, mon chien détecteur,* roman policier, 2005.
   Finaliste au Prix littéraire Hackmatack 2006-2007.
3. *Tiens bon, Twister !,* roman policier, 2006.
   Sélection Communication-Jeunesse et 2ᵉ position
   au Palmarès Livromanie 2008.
4. *Pas de retraite pour Twister,* roman policier, 2007.
   Sélection Communication-Jeunesse.
5. *Haut les pattes, Twister !,* roman policier, 2007. Sélection
   Communication-Jeunesse, finaliste au Prix littéraire
   Hackmatack 2010 et lauréat du Prix littéraire Tamarack 2010.
6. *Twister et la menace invisible,* roman policier, 2009.
   Sélection Communication-Jeunesse.
7. *L'énigme de la rose noire,* roman policier, 2010.

Collection Conquêtes

L'appel du faucon, roman, 2005.
Péril à Dutch Harbor, roman, 2007.
   Sélection Communication-Jeunesse.

AUX ÉDITIONS DU PHOENIX

Peur, voleur et film d'horreur, roman, 2010.

Catalogage avant publication
de Bibliothèque et Archives nationales du Québec
et Bibliothèque et Archives Canada

Thibault, Sylviane

   Pas de chocolat pour Twister
   (Série Twister, chien détecteur ; 8)

   (Collection Papillon ; 163. Roman)
   Pour les jeunes de 9 ans et plus.

   ISBN 978-2-89633-154-3

   I. Thivierge, Claude. II. Titre III. Collection : Thibault, Sylviane.
   Série Twister. IV. Collection : Collection Papillon (Éditions Pierre
   Tisseyre) ; 163.

PS8589.H435P37 2011   jC843'.6   C2010-942686-X
PS9589.H435P37 2011

Pas de chocolat pour Twister

roman policier

Sylviane Thibault

**ÉDITIONS
PIERRE TISSEYRE**
www.tisseyre.ca

155, rue Maurice
Rosemère (Québec) J7A 2S8
Téléphone: 514-335-0777 – Télécopieur: 514-335-6723
Courriel: info@edtisseyre.ca

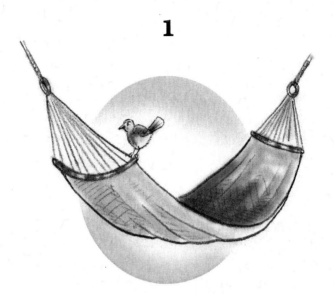

1

Petit tour
de hamac

— **O**uf!

Ça, c'est un long soupir de soulagement. Pour une rare fois, je ne suis pas en train de courir un quelconque danger. Je ne me trouve pas au beau milieu d'un aéroport, alors que des officiers de la Gendarmerie royale du Canada fouillent mon sac à dos à la recherche d'objets illégaux. Je n'affronte pas des jeunes malfaiteurs armés d'un couteau à cran d'arrêt. Je ne suis pas aux prises avec un désaxé qui fait des menaces de mort au père de mon copain Vincent. Je n'ai pas non plus à élucider le mystère d'un neveu qui se joue méchamment de son vieil oncle. Je ne suis pas prisonnière d'une forêt durant un terrible orage pour échapper à l'auteur d'un vol à main armée. Je n'ai pas à courir comme une folle dans les corridors du Musée des beaux-arts de Montréal – même en compagnie d'une vraie de vraie princesse, ce n'est pas l'une de mes activités favorites – tandis que des balles sifflent près de mes oreilles. Enfin, j'ai la conviction que les vampires n'existent pas[1]! Du moins, pas dans mon patelin! Euh... Je l'espère, en tout cas... Oups! Je ferais peut-être bien de ne pas tenter le diable... ou les vampires, dans ce

---

1. Voir les volets 1 à 7 des aventures de Twister, de la même auteure, dans la même collection.

cas-ci. Avant que mon imagination ne gâche le moment de détente que je m'alloue, je reviens à de meilleures pensées.

Je disais donc que pour la première fois depuis fort longtemps, je me sens tout à fait détendue. Je suis confortablement installée dans mon hamac, lui-même niché entre les deux grands érables qui ornent la pelouse de ma cour arrière. Leur feuillage me procure juste assez d'ombrage pour que la canicule se transforme en chaleur propice à une douce somnolence.

Si j'ai les paupières lourdes, c'est aussi parce que je viens de me régaler de caramels sucrés salés et de chocolats fondants au miel qu'Anthony et Vincent m'ont rapportés des Laurentides et de la Gaspésie[2]. C'est drôle... J'ai déjà entendu ma grand-mère dire que le chemin vers le cœur d'un garçon passe par son estomac. Est-ce qu'Anthony et Vincent

---

2. Voir *L'énigme de la rose noire*, de la même auteure, dans la même collection.

soupçonneraient la même chose au sujet du cœur des filles ? Bon, voilà que je rêve avant même de m'être endormie ! Ce n'est pas le cas de mon Twister. Après avoir avalé trois de ses gâteries en forme de steak, il a grimpé à côté de moi et il a sombré dans un profond sommeil. Je ferme les yeux, désireuse de l'imiter.

La sonnerie du téléphone portatif que j'ai avec moi – je n'avais pas tellement le choix, sans quoi ma mère, qui me laisse parfois seule à la maison quand elle a des courses à faire, serait folle d'angoisse si je ne répondais pas à un de ses appels – me fait sursauter, rompant le charme de cet instant. Dans ma hâte, je me penche un peu trop pour attraper le combiné que j'avais négligemment posé par terre. Sans que je puisse esquisser un seul geste pour me retenir, je bascule, puis je me retrouve le visage écrasé dans le gazon, éjectée de mon hamac. Mon Twister chavire avec moi en poussant un jappement de protestation. Il atterrit lourdement sur le sol.

En le voyant affalé sur le dos, je rampe jusqu'à lui, oubliant ma propre chute, oubliant jusqu'au téléphone qui continue à sonner. Pauvre Twister! Il vient à peine de se rétablir de sa foulure à la patte, résultat de sa dégringolade dans les souterrains secrets d'une pépinière[3]. Il a eu beaucoup de chance de ne pas avoir subi de fracture. Quel malheur s'il fallait que par ma faute il en ait une aujourd'hui!

— Ça va, mon chien?

Pour toute réponse, Twister se remet debout et me donne un grand coup de langue sur la joue droite. Ouf! Nouveau soupir de soulagement. Mon beau labrador noir ne s'est pas blessé et il n'a pas l'air de m'en vouloir. Il va prudemment se recoucher plus loin, non sans jeter au passage un regard défiant au hamac.

Je souris, amusée, puis je me relève à mon tour. Je ramasse mes

---

3. Voir *Twister et la menace invisible*, de la même auteure, dans la même collection.

lunettes carrées rouges, qui ne sont heureusement pas cassées elles non plus, et je les replace sur mon nez. Je commence à m'épousseter et à retirer les brins d'herbe qui sont pris dans les mèches rebelles de mes cheveux noirs frisés. J'arrête soudainement mes gestes. Un silence troublant m'entoure. Seuls deux ou trois oiseaux piaillent en voltigeant d'un arbre à l'autre. Quelque chose cloche, mais quoi ?

Cloche ? Oh, non ! Le téléphone ! Il a cessé de sonner ! Je n'ai pas répondu à temps. Maman va être morte d'inquiétude ! Je l'imagine, appelant mon père au bureau pour lui dire que j'ai été kidnappée, ou pire encore... Remarquez, je ne peux pas la blâmer. Avec toutes les mésaventures que j'ai vécues dernièrement, je dois déjà me compter chanceuse qu'elle me laisse quitter son champ de vision durant plus d'une minute. Vite ! Si je veux garder ce privilège, je fais mieux de la rappeler sur son cellulaire pour la rassurer.

J'en suis à composer le troisième chiffre, lorsque l'appareil se remet à sonner. Je sursaute et manque de l'échapper, mais je parviens à me ressaisir. J'appuie sur le bouton « réponse ».

— Allo ? Maman ? Je m'excuse, je suis tombée du hamac avec Twister ! Mais tout va bien, ne t'en fais pas. Je n'ai pas pu prendre ton appel et...

— Joséphine ! C'est moi ! C'est Catherine !

Catherine ? J'aime autant ça ! Je ne perdrai pas une heure à me justifier, en fin de compte. Je peux me contenter de lui décrire ma culbute spectaculaire. Connaissant ma meilleure amie, elle va trouver la situation très cocasse.

— Catherine, j'en ai une bonne pour toi ! Imagine-toi donc que...

— Tu me raconteras ça plus tard, me coupe-t-elle. Tu as l'intention d'aller te promener ?

— Euh... Non. Je me repose... ou plutôt, je me reposais. Je ne vais nulle part. Pourquoi ?

— Je ne veux pas te le dire au téléphone, Joséphine ! Il faut absolument que je te voie ! insiste Catherine dans un souffle. Tu m'attends, c'est promis ?

J'ai à peine le temps de murmurer une réponse affirmative que ma copine a raccroché. Je demeure quelques instants interdite. Le cœur battant, je fixe le combiné. Est-ce qu'il serait arrivé un nouveau malheur à mon amie ? La dernière fois qu'elle m'a téléphoné avec cette voix survoltée, c'était lorsqu'elle était persuadée d'avoir vu des vampires non loin de chez elle. Qu'est-ce qui pourrait être pire que ça ? Une foule de scénarios surgissent dans ma tête, par exemple...

Du calme, Joséphine, du calme ! Catherine était-elle réellement apeurée, ou au contraire, enthousiaste ?

Ça, c'est la voix de ma raison. Elle se manifeste souvent quand l'affolement devient trop grand. D'habitude, elle m'est d'une grande utilité. Seulement là, elle a décidé de me poser une question à laquelle je suis incapable de répondre. Est-ce que je sais, moi, si Catherine était apeurée ou enthousiaste ? C'est précisément la spécialité de Catherine de remarquer ces détails-là. C'est elle qui rêve de devenir une détective hors pair, pas moi ! Je ne me souviens déjà plus de son intonation exacte. De toute façon, ma copine parlait beaucoup trop vite pour que je puisse y prêter attention.

Je l'adore, Catherine, mais elle a cet agaçant défaut de parler sans respirer. Je m'y habitue, à force de la côtoyer tous les jours. C'est même de plus en plus facile, car nous sommes toujours ensemble. Nos parents nous surnomment « les jumelles de cœur ». En vérité, je n'ai ni frère ni sœur, mais si j'avais eu à me choisir une sœur, justement, c'est sur Catherine que j'aurais jeté mon dévolu. Et le plus extraordinaire, c'est que désormais, nous sommes réellement de la parenté, étant donné que ma grand-mère Luce et son papi se sont mariés au début de l'été.

Oui, bon... Que je sois habituée ou pas, que nous soyons jumelles de cœur ou sœurs par alliance, appeler quelqu'un et l'inquiéter ainsi, ça ne se fait pas ! Et j'ai bien l'intention de le dire à Catherine aussitôt qu'elle sera ici ! Mais en attendant, je suis censée faire quoi, moi ?

Ça y est ! J'ai une idée ! Les doigts tremblants, je compose un numéro de téléphone. Pourquoi n'y ai-je pas songé tout de suite ? Je sais exactement qui peut m'aider à y voir clair ! Une personne spécialiste quand il s'agit de Catherine en panique...

2

Des montagnes russes d'émotions

Je suis assise au salon, m'efforçant de ne pas céder la place aux images terrifiantes qui veulent envahir mon esprit tourmenté. D'accord, j'exagère un peu. «Tourmenté» n'est peut-être pas le mot qui convient. Mais c'est difficile de ne pas me laisser emporter par l'angoisse quand les dernières semaines de ma vie ont été aussi riches en émotions fortes que les plus hautes montagnes russes du monde.

Il faudra pourtant que je m'habitue à faire face aux dangers. Car si Catherine compte devenir détective, moi, je souhaite devenir maître-chien comme mon ami Jean-Guy Desrosiers, l'ancien propriétaire de Twister. Il travaille pour le Service des chiens détecteurs de l'Agence des services frontaliers du Canada, avec sa chienne Cannelle. Dans son métier, Jean-Guy affronte fréquemment des situations périlleuses. Sauf que lui, il ne se laisse jamais démonter. Sur ce point-là, moi, j'ai encore bien du chemin à faire.

Trois coups frappés avec force et insistance sur le heurtoir de la porte d'entrée mettent un terme à mon interminable attente. Enfin! Voilà quelqu'un qui pourra venir à mon secours... ou plutôt à celui de Catherine! Je me lève d'un bond pour aller ouvrir.

— Vincent! dis-je en m'écartant pour le laisser entrer.

Mon copain se précipite à l'intérieur, le visage crispé et les poings serrés. Je suis surprise de le voir aussi anxieux que moi. D'ordinaire, il est plus posé. Dans les pires situations, je l'ai vu agir en véritable héros, comme lorsqu'il s'est placé devant Catherine et moi, faisant office d'écran protecteur tandis qu'un bandit nous menaçait avec une arme à feu[4]. Mais en cet instant, ses yeux bruns aux accents verts sont froncés, la fossette sur son menton tremble un peu, et ses courtes mèches blondes sont collées à ses joues par la sueur. Et je suis convaincue que ce n'est pas uniquement à cause de la chaleur qui règne dehors.

— Alors, Joséphine? Qu'est-ce qui se passe? Il est arrivé un pépin à Catherine? Elle a eu un autre accident?

---

4. Voir *Tiens bon, Twister!*, de la même auteure, dans la même collection.

Je remarque que la voix de mon camarade s'est légèrement cassée à la mention du nom de ma copine. Est-ce que leurs disputes auraient recommencé ? J'espère que non ! Ce n'est surtout pas le moment ! D'autant plus que je suis persuadée que Vincent ne souhaiterait jamais de mal à Catherine, même s'ils ne s'accordent pas toujours très bien.

— Je ne sais pas, Vincent ! dois-je avouer à regret. C'est pour ça que je t'ai appelé. Je comptais sur toi pour me dire ce qui se passe...

— Et pourquoi serais-je au courant ? répond durement Vincent. Catherine n'a pas l'habitude de se confier d'abord à moi ! C'est toi, sa meilleure amie !

Étonnée par la vigueur de sa réponse, j'articule péniblement :

— Euh... La dernière fois que Catherine a eu des ennuis, elle nous a appelés tous les deux, je te signale. Je croyais qu'aujourd'hui, en plus de me téléphoner, elle t'avait aussi...

Vincent secoue la tête.

— Non, elle n'a pas cru bon de me donner de ses nouvelles.

Mon ami se met à arpenter nerveusement le salon. Je ne parviens pas à cacher une moue de déception et je retourne m'asseoir sur le divan.

— Excuse-moi, Joséphine, me dit Vincent d'une voix radoucie en venant s'asseoir près de moi. Je ne voulais pas être si brusque, ni ajouter à ton inquiétude, poursuit-il en passant un bras autour de mes épaules. C'est juste que je suis un peu plus stressé ces derniers temps, tu comprends?

Je hoche la tête. Tu parles que je comprends! Moi en plus, je dois m'efforcer de contrôler des émotions d'un tout autre ordre: celles que la proximité de Vincent fait naître en moi. Je sens mes pommettes rosir et mon cœur accélérer. *Joséphine! Ce n'est pas le moment de te laisser aller à des élans romantiques. Catherine est peut-être dans le pétrin.*

Cette pensée a tôt fait de me ramener à la réalité. Un peu trop, même, car l'anxiété me regagne rapidement.

Par chance, avant que des scénarios catastrophiques n'aient le temps de se reformer dans ma tête, le heurtoir résonne de nouveau dans la maison. Cette fois, ce sont des coups répétés. Un signal d'alarme ? Ne me préoccupant plus de rien d'autre que de Catherine, je me précipite vers la porte d'entrée.

Moi qui songeais à des montagnes russes, j'ai l'impression d'être attachée dans un wagon qui grimpe une pente abrupte au ralenti. J'ai horreur de cette sensation ! C'est d'ailleurs pourquoi j'évite toujours les montagnes russes comme la peste. Mais j'ai beau être à des kilomètres d'un parc d'attractions, je peux presque entendre les « clic, clic, clic » sinistres de la montée vertigineuse, suivis du « pshhhh » sorti tout droit des entrailles de ces monstres de fer pour annoncer la descente infernale.

Reste à espérer que cette descente-ci ne sera pas trop raide...

3

Trois surprises
pour le prix d'une

En ouvrant la porte, je retiens mon souffle. À ma grande stupéfaction, Catherine se tient tout bonnement là, un sourire étirant les coins de sa bouche! Pour quelqu'un en détresse, elle m'apparaît très joyeuse.

— Salut, Joséphine ! J'ai une surprise pour toi ! m'annonce fièrement ma copine, inconsciente d'avoir fait naître en moi toutes sortes de pensées affolantes avec son appel frénétique.

Je suis tellement sous le choc – encore que je sois surtout soulagée – de la voir si joviale, que je suis incapable d'articuler une seule parole.

— Qu'est-ce que tu as, Joséphine ? Twister a mangé ta langue ? plaisante Catherine en se penchant pour flatter mon beau toutou, qui vient d'arriver près de moi.

— Vincent me l'a déjà servie, cette farce-là !

Catherine fronce les sourcils, déconcertée par ma réplique. Oups ! Ce n'était pas très gentil de ma part.

— Salut, Catherine ! lance à son tour Vincent, faisant de son mieux pour maîtriser son impatience.

Cette fois, c'est Catherine qui semble sous le choc. Elle se redresse lentement. Sa bouche forme une drôle de grimace. Je ne saurais dire si elle est étonnée de trouver Vincent chez moi ou si elle est choquée. J'espère que ce n'est pas cette dernière option. J'aurais du mal à choisir entre mes deux meilleurs copains s'ils ne parvenaient pas à se mettre d'accord.

— Euh... Allo, Vincent! Euh... Qu'est-ce que tu fais ici?

Tiens! Est-ce que Catherine rougit, tout à coup? Ses taches de rousseur pâlissent sous la teinte rosée de son visage. Remarquant sans doute la gêne de ma copine, Vincent la fixe quelques secondes. Pourvu qu'il ne soit pas insulté par cette réaction...

— Oh, je ne sais pas, finit-il par répondre sur un ton ironique. Peut-être que j'ai reçu un appel de Joséphine. Et peut-être aussi qu'elle était paniquée parce que sa meilleure amie lui a téléphoné pour l'avertir de sa venue, sans lui fournir d'autre explication. Raconte, Catherine, qu'as-tu halluciné, aujourd'hui? Frankenstein? se moque-t-il.

Catherine reste muette. Elle passe une main tremblante dans ses longs cheveux blonds, alors que ses yeux bleu azur se remplissent de larmes. Voyant cela, Vincent s'approche d'elle, penaud.

— Je ne voulais pas te faire de peine, s'excuse-t-il. Ce que je peux être stupide !

Ma copine renifle et fait non de la tête. Je ne peux pas lui en vouloir d'être fâchée. J'ai beau trouver les plaisanteries de Vincent charmantes d'habitude, je dois admettre que cette fois, il n'y est pas allé avec le dos de la cuillère.

— Tu n'es pas stupide, Vincent ! rétorque pourtant Catherine. Tu as raison. Je n'ai pas réfléchi. Pardonne-moi, Joséphine, continue-t-elle en se tournant vers moi. Je ne voulais pas t'inquiéter, c'est juste que je voulais te faire une surprise. Et...

Une voix masculine se fait entendre, empêchant ma copine de finir sa phrase.

— Catherine !

Pas de doute ! Je reconnais cette voix bien avant de voir la personne à qui elle appartient. Mon cœur fait tout de même un bond quand j'aperçois le frère de Catherine se diriger vers nous à grandes enjambées. Anthony est vêtu d'un jean bleu pâle et d'un chandail blanc qui fait ressortir le bronzage de sa peau. La barbe qu'il arborait au menton depuis quelque temps a disparu, révélant la carrure prononcée de sa mâchoire. Ses cheveux blonds, contrairement à sa barbe, ont gardé toute leur longueur, et ils sont noués en une épaisse queue de cheval qui lui tombe en bas des épaules.

— Anthony! C'est toi, la surprise?

À travers ses larmes, Catherine me jette un regard interrogateur, tandis que Vincent me dévisage, perplexe. Pour sa part, Anthony pose sur moi ses yeux rieurs de la même couleur que ceux de ma copine.

Bravo, Joséphine! Question subtilité, on ne fait pas mieux!

Avant que la situation ne devienne trop embarrassante, Anthony reporte son attention sur sa sœur. Son attitude change alors du tout au tout, reflétant l'inquiétude qu'il ressent en constatant qu'elle pleure.

— Catherine! Qu'est-ce que tu as?

— Oh, ce n'est rien, le rassure-t-elle. C'est…

— C'est ma faute, la coupe Vincent. J'ai fait une mauvaise farce.

L'expression d'Anthony se durcit. Il lance un avertissement à Vincent, sur un ton menaçant:

— Attention, petit! Si tu fais de la peine à ma sœur, tu auras affaire à moi!

— Je me suis déjà excusé auprès d'elle! riposte Vincent. Crois-moi, je ne voulais pas lui faire de mal. Et c'est toi qui auras affaire à moi si tu oses encore m'appeler «petit»!

J'assiste à la scène, ne sachant trop comment réagir. Je reconnais là l'instinct protecteur d'Anthony. Sans oublier la combativité de Vincent: bien qu'il soit beaucoup moins grand qu'Anthony, il ne craint pas de lui tenir tête. J'ai beau admirer chacun d'eux pour différentes raisons, je ne voudrais pas qu'ils s'engagent dans une altercation qui pourrait mal tourner. Heureusement, ma copine s'interpose :

— Ça suffit, vous deux ! Anthony, je suis capable de me défendre toute seule ! Et Vincent, je suis certaine que tu feras attention à ta façon de me parler à l'avenir. Mon frère en fera autant avec toi ! D'accord ?

J'ai peine à retenir un fou rire en voyant les garçons acquiescer, honteux. Qui aurait cru que ma douce Catherine pouvait faire preuve d'une telle autorité ?

— Bon… Je disais donc que j'avais une surprise ! lance-t-elle, redevenue souriante.

Tiens… C'est vrai ! Maintenant que je sais que ce n'est pas Anthony, la fameuse surprise, je me demande ce que c'est…

— Alors ? Arrête de nous faire languir, et dis-nous enfin ce que c'est !

En guise de réponse, Catherine se met à danser maladroitement la claquette sur mon perron. D'abord déconcertée, je finis par me taper le front.

— Ton plâtre ! Tu l'as fait enlever ! Je ne peux pas croire que je ne l'aie pas remarqué ! Oh, Catherine ! Je suis si contente pour toi !

Je serre ma copine dans mes bras. Catherine me rend mon étreinte, rayonnante.

— C'est super ! s'écrie Vincent, aussi enchanté que nous.

Il s'avance et, à son tour, fait une accolade à mon amie. Catherine demeure un peu figée. Zut ! Je crois qu'elle lui en veut encore, malgré ce qu'elle a affirmé...

— Euh... Je suis très content aussi, bafouille Vincent en s'écartant, mal à l'aise devant l'apparente indifférence de Catherine.

Ma copine parvient à se ressaisir.

— Merci, Vincent, c'est gentil à toi ! souffle-t-elle en esquissant un sourire. Mais ce n'est pas tout, poursuit-elle, plus enthousiaste. J'ai une autre surprise pour vous !

Ravie que Catherine soit revenue à de meilleurs sentiments, je m'informe :

— C'est quoi ?

— J'organise une grande fête pour célébrer ma guérison. C'est pourquoi j'ai emmené Anthony. Si toi et Vincent êtes d'accord, nous allons faire les achats ensemble pour la soirée : les décorations, la nourriture, les boissons et, bien sûr, un délicieux gâteau.

En entendant ce mot, Twister, qui était sagement resté à l'écart, se rapproche en battant de la queue.

— Oui, oui, Twister, un gâteau ! s'amuse Catherine. À la vanille, pour que toi aussi, tu aies ta part.

Comme s'il avait compris, mon labrador se donne un élan et se lève sur ses pattes arrière, plaçant celles d'en avant sur le torse de Catherine. On jurerait que lui aussi veut lui faire un câlin.

Nous éclatons de rire, oubliant les disputes au profit du plaisir que nous sommes certains d'avoir lors de la fête.

— Venez ! nous enjoint Catherine. Allons chercher ce qu'il faut pour célébrer l'arrivée de nos vraies vacances !

— Oui, et il est plus que temps qu'elles commencent, nos vraies vacances ! dis-je. La rentrée est dans deux semaines !

— N'aie pas l'air si contrariée, Joséphine. Au moins, à l'école, nous ne risquons pas d'affronter de dangereux criminels ! s'esclaffe ma copine.

Nous rions de plus belle. Décidément, cette journée qui s'annonçait si tranquille est beaucoup plus mouvementée que je ne l'avais prévu. Mais je ne m'en plains pas. Pour une fois que le seul risque sera de renverser le gâteau...

Un risque comme celui-là, je suis bien prête à le courir !

4

Twister
fait la sourde oreille

Nous sommes assis dans la voiture d'occasion qu'Anthony possède depuis le début de l'été. Catherine a pris place à ses côtés, tandis que Vincent et moi sommes installés à l'arrière, Twister solidement attaché entre nous deux, à l'aide du harnais que mes parents lui ont acheté pour les balades en auto. À nos pieds se trouvent des sacs remplis de guirlandes et de petites lanternes de papier que nous allons accrocher dans la cour chez Catherine. Dans le coffre, une glacière pleine de saucisses que nous ferons griller à même un feu de bois. Sans oublier les guimauves, qui subiront le même sort que les saucisses, et les quatre douzaines d'épis de maïs que nous avons soigneusement choisis. Hum… Quarante-huit beaux épis d'un jaune tout doré. Avec un peu de beurre et beaucoup de sel, ce sera un vrai régal ! J'en salive déjà !

Vincent a prétendu pouvoir avaler cinq épis. Anthony a surenchéri, affirmant pouvoir en manger huit ! J'ai l'impression qu'une nouvelle rivalité s'installe entre eux. Mais celle-ci est plus amusante, je trouve ! Catherine est d'accord, parce qu'elle et Vincent se jettent souvent des regards complices. Quel soulagement de constater que les mauvais sentiments entre eux sont oubliés !

Ne reste plus qu'à nous procurer le gâteau, couronnement de notre célébration. Celui que nous choisirons devra être énorme, puisque, à ce que Catherine m'a confié, elle a invité beaucoup de monde. Il y aura d'abord mes parents – les cachottiers s'étaient bien gardés de me le dire –, les parents de Vincent ainsi que son petit frère Thomas, grand-maman Luce et papi, et enfin, Jean-Guy et sa chienne Cannelle. Manifestement, Catherine avait tout prévu !

Nous arrivons en vue de la pâtisserie *Labelle Gourmande,* qui offre également des services de traiteur. Anthony gare son véhicule en face de la porte d'entrée, de l'autre côté de la rue.

— Allons-y ! dit-il en ouvrant sa portière. Faites attention en traversant, nous conseille-t-il gentiment.

— Oui, papa ! le taquine Vincent, qui s'assure quand même discrètement que la voie est libre.

Anthony ne se fâche pas. Il sourit, bon joueur. Voyant que je retiens un fou rire, il me décoche un clin d'œil. Comme chaque fois qu'il le fait, je me sens fondre. Une chance que je ne suis pas un cornet de crème glacée, parce qu'avec la chaleur qui règne à l'extérieur, il y longtemps qu'entre lui et Vincent, je ne serais plus qu'une flaque visqueuse bêtement écrasée par terre!

Le froid qui nous accueille dans la pâtisserie me ramène sans ménagement à la réalité.

— Brrr…! On gèle, ici, se plaint Catherine en claquant des dents.

— Désolée pour cet inconvénient, les enfants, s'excuse une dame qui se tient derrière un présentoir à gâteaux. Mais si je ne maintiens pas cette température, mes pâtisseries ne feront pas long feu, par cette canicule! Je suis madame Labelle, pour vous servir! Bienvenue dans mon paradis des sucreries!

Un large sourire éclaire le visage de la dame. Avec la joie de vivre qu'elle dégage, sa forte corpulence, ses joues

rosies par le froid et son tablier à carreaux rouge et blanc, je me prends à penser que si le père Noël existe, cette femme pourrait très bien être son épouse! Quant à la pâtisserie, ce pourrait être un bon moyen pour le père Noël de garder son ventre bien dodu!

Lorsque madame Labelle, ou « mère Noël », comme j'ai décidé de la baptiser, baisse les yeux et aperçoit Twister, je reprends mon sérieux. Je serre un peu plus fort la laisse de mon chien. J'ai peur de m'être trompée sur la nature de la commerçante. Et si elle réagissait négativement à sa présence dans son magasin?

— Tiens, tiens... Qu'avons-nous là? s'exclame-t-elle. C'est à qui, ce beau toutou?

Ouf! Alors que mon Twister s'est déjà fait traiter d'« horrible cabot » et de « vilaine bête », d'entendre la vendeuse le désigner de façon si charmante me tranquillise. Je tiens cependant à m'assurer que j'ai le droit de le garder avec moi.

— Euh... Il s'appelle Twister. Il peut rester à l'intérieur? Je n'aime pas tellement l'attacher tout seul à l'extérieur des magasins.

— J'adore les chiens! Évidemment qu'il peut rester, mais à condition qu'il soit bien sage. Il est sage, ton Twister, n'est-ce pas? veut-elle confirmer.

— Oh, ça oui! Je vous le jure! C'est le meilleur chien de tout l'univers!

C'est alors que Twister, comme pour me faire mentir, donne un puissant coup sur sa laisse. Surprise, je l'échappe.

— Twister! Qu'est-ce qui te prend? Reviens ici tout de suite!

Faisant la sourde oreille à mes ordres, mon chien marche vers madame Labelle et son présentoir, le museau en l'air.

Oh, non! Ne me dites pas que ça va recommencer... Je tente de raisonner mon labrador.

— Twister! Écoute-moi!

C'est inutile! Twister refuse tout simplement de m'obéir. Je le supplie intérieurement. *Je t'en prie, Twister, ne*

détecte pas encore quelque chose!
Hélas, si mon chien ne se préoccupe pas de moi quand je parle fort, il est encore plus sourd à mes ordres quand je les donne par la pensée.

Je voudrais m'élancer pour le rattraper, mais on dirait que j'ai les pieds coulés dans le ciment. Je jette un œil à mes camarades, cherchant leur aide. Peine perdue, ils semblent aussi pétrifiés que moi! Catherine a agrippé le bras de Vincent dans un geste de pure panique et Anthony observe la scène, les lèvres pincées.

J'ai l'impression que le temps s'est arrêté.

Twister, malgré toutes mes suppliques, vient de s'asseoir devant mère Noël!

5

Patissière le jour, criminelle la nuit?

Mon chien détecteur, qui apparemment ignore toujours qu'il est à la retraite, est assis devant la propriétaire de la pâtisserie! Pas de doute, c'est son signal pour m'avertir que cette dame transporte sur elle quelque chose d'illégal. Mais quoi? «Telle est la question », noterait le célèbre écrivain anglais William Shakespeare. De la drogue ? Une arme à feu ? Comment le savoir ?

J'examine rapidement le tablier à carreaux de la suspecte. Comporte-t-il de grandes poches dans lesquelles il serait facile de camoufler un, voire plusieurs pistolets ? Non..., sauf si elles sont cousues sur le revers intérieur du vêtement. Mais ça, je ne peux pas le vérifier, à moins d'effectuer une fouille en règle. Et je me vois mal ordonner à mère Noël de s'appuyer contre le mur, jambes écartées, afin que je puisse tâter son tablier ou son large pantalon !

Je tremble de tous mes membres. Cette femme si enjouée cacherait-elle la plus grande criminelle de tous les temps ? Je me souviens brusquement des paroles du grand Hercule Poirot : « Chaque assassin est probablement le vieil ami de quelqu'un. » Qui sait quels plans machiavéliques mère Noël est en train d'élaborer en ce moment précis, derrière son présentoir à gâteaux? Et ces fameux gâteaux justement, qui sait s'ils ne servent pas eux-mêmes de cachettes pour des objets illicites?

Ces interrogations font naître en moi des images issues des vieux films policiers en noir et blanc que Catherine, Vincent et moi regardons ensemble. La lime à ongles dissimulée dans une tarte pour faire échapper le prisonnier de la cellule où il est supposé passer le restant de ses jours... La folle poursuite qui s'engage dans les bois pour retrouver le malfaiteur... La meute de chiens pisteurs qui poussent des hurlements et des jappements visant à décourager le fugitif de continuer sa course effrénée...

Des jappements? Un bref jappement, réel celui-là, accompagné d'un éclat de rire me tirent subitement de ma torpeur. Mon labrador est toujours assis devant le présentoir de pâtisseries, mais il bat énergiquement de la queue. Sa langue pend en dehors de sa gueule et quelques gouttes de salive tombent à ses pieds... euh... à ses pattes. Mère Noël, pour sa part, rit de plus belle.

— Tu avais entièrement raison, ma grande, me lance-t-elle en s'esclaffant. Ton chien est vraiment le meilleur de tout l'univers! Vois comme il a bon goût. Il voudrait croquer l'un de mes délicieux gâteaux.

J'ouvre la bouche. Un peu plus et je me décrocherais la mâchoire! C'est pourtant vrai! Twister n'a aucunement l'attitude d'un chien détecteur. Son poitrail n'est pas bombé, ses oreilles ne sont pas dressées – son manque d'écoute en est bien la preuve... – et ses muscles ne sont pas contractés. Il est tout simplement... assis! Comme un chien ordinaire qui s'assoit pour quémander de la nourriture.

Prenant pleinement conscience de mon erreur, j'éclate de rire à mon tour. Je n'ai plus aucune crainte. Je suis plutôt extrêmement soulagée. Catherine, Anthony et Vincent m'imitent, amusés eux aussi par l'attitude de Twister. Mon labrador, loin de s'offusquer de nous voir rigoler à ses dépens, bat de la queue encore plus vigoureusement. Il n'a pas l'intention de se laisser décourager par nos ricanements : il veut sa gâterie, lui !

Mère Noël étire une main vers un petit gâteau au chocolat qui trône à l'avant du présentoir.

— Tu crois que ton chien serait content de manger cette pâtisserie ? me demande-t-elle. Après tout, si je veux le garder comme client, il vaut peut-être mieux pour moi que je lui fasse apprécier mes produits !

Avant qu'elle n'ait le temps d'offrir le dessert à Twister, je m'interpose :

— Non, ne lui donnez pas ce gâteau !

Stupéfaite, madame Labelle arrête son geste, au grand désespoir de Twister, qui me jette un regard piteux.

— Je suis désolée, dis-je pour ne pas ajouter au malaise de la vendeuse. Mais Twister ne peut pas manger de chocolat. Il risquerait de tomber gravement malade. En fait, aucun chien ne devrait en manger !

— Oh là là… Pauvre toutou ! Quel malheur de devoir se passer de chocolat une vie entière, compatit la pâtissière. Et celui-là, il peut le manger ? s'informe-t-elle en attrapant cette fois un minuscule gâteau recouvert de glaçage blanc.

— Eh bien… Il ne doit pas manger trop de sucre non plus, mais parfois c'est permis, dis-je en hochant la tête.

Comprenant qu'il va enfin pouvoir se régaler, Twister se lève et, d'un coup de langue, happe la friandise que lui tend la vendeuse. Tous deux semblent ravis.

— Bon, maintenant que Twister a été servi, que puis-je faire pour vous ?

— Nous aimerions acheter un gâteau à la vanille assez gros pour nourrir douze personnes, un chien et une chienne ! explique Anthony.

— Tiens… Twister a une amoureuse ? s'amuse mère Noël. Vous trouverez ce qu'il vous faut ici, nous assure-t-elle en nous entraînant vers un autre présentoir, à l'autre bout du commerce.

Derrière les vitres, cinq gâteaux plus appétissants les uns que les autres sont mis en valeur. Seulement, ils sont un peu trop petits à notre goût. Nous craignons d'en manquer.

— Vous n'en auriez pas de plus gros ? s'informe Vincent.

— Ah, je suis contente de voir que je ne suis pas la seule à avoir bon appétit ! s'exclame la pâtissière. Tenez, voici un catalogue. Choisissez le modèle que vous désirez et je vous le cuisinerai moi-même pour demain si ce n'est pas trop tard.

Après avoir feuilleté les pages du catalogue, mes amis et moi nous mettons d'accord sur un gâteau décoré avec des dessins tirés des films *Pirates des Caraïbes*. Anthony ronchonne un peu :

— J'ai passé l'âge des pirates !

— Dans ce cas, pourquoi as-tu tous les DVD ? le taquine gentiment Catherine.

— Je ne les regarde plus, voyons !

— Tu les as regardés pas plus tard que la semaine dernière.

Anthony rougit. Vincent, lui, sourit en coin, fier de voir que pour une fois, ce n'est pas lui la cible de ma copine.

— D'accord, d'accord. Va pour ce gâteau, capitule Anthony. Quand devrais-je passer le chercher ? demande-t-il à la vendeuse.

— Tu n'auras pas besoin de venir, indique cette dernière. J'ai des livreurs qui pourront vous l'apporter. Vous habitez où ?

Anthony donne son adresse.

— Ça tombe bien ! s'écrie madame Labelle. Mes employés doivent déposer un buffet pour un mariage non loin de chez vous ! Ils livreront votre gâteau en même temps !

Nous acquiesçons, enthousiastes, avant de sortir de la pâtisserie, plaisantant sur notre incapacité à décoder le comportement de Twister quelques minutes auparavant.

— Tu aurais dû voir ta tête, Joséphine ! se moque Vincent.

— Ma tête ? Et la vôtre, alors ? Catherine était blanche comme un linge, et Anthony…

— Moi? me coupe le frère de Catherine. Je savais que Twister voulait juste se faire gâter un peu, fanfaronne-t-il.

— Ouais, marmonne Vincent, sceptique. C'est comme quand tu dis que tu ne regardes plus de films de pirates. En réalité…

Vincent n'a même pas le temps de finir sa phrase qu'Anthony le pousse brutalement sur le trottoir. Ça alors! Jamais je n'aurais cru Anthony capable d'un tel geste. Rouge de colère, je m'apprête à lui servir des reproches amplement mérités, quand il se met à crier.

— Joséphine! Attention!

J'entends un bruit strident derrière mon épaule. Je me retourne et, à mon tour, je hurle d'effroi.

Un camion se dirige droit sur moi!

6

Le lutin
de la sorcière

Trop tard! Les phares du camion ne sont plus qu'à quelques mètres! Je ferme les yeux, épouvantée. Des mains m'enserrent les bras et me tirent brusquement en arrière. Je me retrouve assise sur le trottoir, à côté de Vincent. Lui et moi respirons difficilement. Catherine se précipite sur mon camarade, tandis qu'Anthony se penche vers moi.

— Ça va, Vincent? s'inquiète Catherine, une main sur le cœur.

— Et toi, Joséphine? Pas de mal? m'interroge Anthony.

Vincent et moi hochons la tête, en état de choc. Nous n'arrivons même pas à parler, tellement nous avons eu peur. Mon Twister, lui, se frotte contre moi sans arrêt, comme s'il voulait s'assurer que je suis bel et bien là, et non sous les roues de... Non! Je ne veux pas penser à ça! C'est trop horrible!

Je flatte mon chien, autant pour le calmer que pour me calmer. Puis je lève les yeux vers Anthony. Dire que sans son intervention, Vincent et moi aurions pu être grièvement blessés, voire...

— Anthony! Tu nous as sauvé la vie! dis-je en avalant difficilement ma salive.

— Euh... Merci, Anthony, articule péniblement Vincent en donnant une petite tape amicale sur l'épaule du frère de Catherine.

— Je vous avais pourtant avertis de faire attention, nous taquine Anthony, cherchant à détendre l'atmosphère.

Vincent et moi sourions, penauds. C'est vrai que nous n'avons pas été très prudents. Que diraient nos parents s'ils étaient ici?

— Il faut toujours regarder des deux côtés avant de traverser la rue! résonne une voix nasillarde, comme pour répondre à ma question.

Je me redresse, ahurie. Un homme vient de sortir du camion qu'il a stationné tout près et s'avance vers nous.

— Ouf! Je suis content de voir que vous n'êtes pas blessés, les enfants, note le conducteur du véhicule. Je n'ose pas imaginer ce qui se serait produit si je n'avais pas freiné à temps. C'est tout un poids lourd, mon camion de livraison!

Un camion de livraison? Tiens, c'est vrai... Maintenant que j'y prête attention, le camion qui a failli nous renverser arbore le nom de la pâtisserie *Labelle Gourmande*. Cet homme est l'un des livreurs de mère Noël!

À bien y regarder, il n'y aurait rien de surprenant là-dedans. Ce livreur ressemble aux lutins qui peuplent les contes traditionnels du temps des Fêtes et qui travaillent dans l'atelier du père Noël. Il est petit et maigre, a des cheveux noirs raides formant des pics sur le dessus de sa tête, un nez un peu trop long et des oreilles légèrement pointues. Décidément, s'il ne faisait pas si chaud, je me croirais réellement au pôle Nord! Cette pensée me distrait, malgré ma frousse de tout à l'heure.

— J'ai bien peur que le buffet et quelques gâteaux n'aient subi des dommages…, fait remarquer un autre homme, plus jeune celui-là, qui vient de se joindre à nous.

C'est le deuxième livreur, car sa chemise porte également le nom du commerce. Il n'est guère plus grand que son collègue, mais ses traits sont beaucoup plus harmonieux. Son nez est fin et proportionnel à son visage, ses oreilles ont une forme bien ronde, et ses yeux en amande sont d'un magnifique noir de jais, tout comme ses cheveux, qui sont aussi raides que les miens sont frisés ! D'après son physique, je dirais qu'il est d'origine asiatique. J'en ai la confirmation quand Anthony s'exclame soudainement :

— Jiao ! Salut !

— Anthony ! Ça alors ! Je ne m'attendais pas à te voir ici ! Vous êtes sûrs que ça va ?

— Sûrs et certains ! Alors, Jiao, quoi de neuf ? Tu travailles à la pâtisserie, maintenant ? Je pensais que tu voulais entrer dans un grand restaurant pour te préparer à devenir chef.

— Tu parles ! Tous les restaurants où je suis allé exigeaient un diplôme ou de l'expérience. Je n'ai encore ni l'un ni l'autre... Enfin, sauf en ce qui concerne mes expériences dans ma propre cuisine, mais ça, ça ne compte pas.

— Jiao est un fameux cuistot, nous précise Anthony. La dernière fois que je suis allé manger chez lui, j'ai dû desserrer ma ceinture de deux crans après le repas.

Le jeune Asiatique sourit à ce compliment.

— En attendant d'œuvrer comme sous-chef ou, mieux encore, comme chef, j'ai trouvé ce boulot de livreur. Qui sait ? Peut-être qu'un jour madame Labelle acceptera que je devienne l'un de ses assistants. D'ici là, l'argent que j'économise me permettra de payer mes frais de scolarité. Justement, je ne peux pas parler très longtemps. Je dois aller m'assurer qu'il n'y a pas trop de dégâts dans le camion.

Le lutin s'empresse de lui barrer le chemin.

— Non, non ! Je m'en occupe, ne t'en fais pas. Je vais aller stationner dans la ruelle. J'en profiterai pour

ramasser d'autres commandes. Toi, prends une petite pause.

Jiao acquiesce, reconnaissant.

— Merci, Marcel! Je t'en dois une!

Le dénommé Marcel fait une drôle de moue, avant de disparaître dans le camion. Il est probablement contrarié d'avoir à faire un surplus de travail à cause de notre imprudence. J'aurais peut-être dû lui offrir de l'aider un peu, le pauvre...

Anthony me tire de mes remords en nous présentant à son camarade.

— Voici Catherine, ma petite sœur, ainsi que nos amis, Joséphine et Vincent.

Le sourire me revient en entendant cela. Anthony nous a présentés non pas comme étant strictement les amis de Catherine, mais comme ses amis à lui aussi.

— Sans oublier Twister! ajoute Anthony en grattant mon chien derrière les oreilles.

— Salut, Twister!

À ce moment, mon labrador se met à s'agiter. Pendant une fraction de seconde, j'ai peur que ce soit parce qu'il n'aime pas Jiao. Mais je me rends vite compte, en le voyant se dandiner d'une patte à l'autre, que c'est plutôt parce qu'il a une envie pressante.

— Euh… Je m'excuse, Twister doit aller faire ses besoins. Je reviens dans un instant.

Je m'éloigne, accélérant la cadence. J'ai l'impression que Twister ne pourra plus se retenir très longtemps. Je tourne le coin de la rue, et je me retrouve dans la ruelle, derrière la pâtisserie.

Je mène Twister entre deux conteneurs à ordures. Quand mon toutou a terminé sa besogne, je prends un sac en plastique – j'en ai toujours un sur moi – et j'efface toute trace de notre passage. Je jette le sac dans un des conteneurs. Bon, je peux aller rejoindre mes camarades.

À cet instant, des éclats de voix me font sursauter. Mon instinct, qui est devenu assez méfiant, me pousse à retourner me cacher entre les conteneurs. Je fais signe à Twister de rester tranquille. Cette fois au moins, mon chien m'obéit.

— Quatre boîtes de gâteaux! Quatre boîtes gaspillées! Je n'en reviens pas! lance avec hargne une voix féminine.

— Ce n'est pas ma faute si les gosses ne regardaient pas où ils allaient!

Je reconnais immédiatement la voix nasillarde de Marcel, le lutin livreur. «Les gosses», ce doit être Vincent et moi. Par contre, je n'arrive pas à savoir qui est la femme qui a parlé avant lui. Je ne crois pas que ce soit mère Noël... Elle n'utiliserait pas ce ton rageur, il me semble! Marcel poursuit:

— Tu aurais préféré que je leur passe sur le corps? La police aurait...

— Non, évidemment... Mais qu'est-ce qu'on va dire aux clients, maintenant?

— Rien! On ne va rien leur dire du tout! On va remplacer ces gâteaux par d'autres pâtisseries, c'est tout.

— Des gâteaux ordinaires?

— Pourquoi pas ? Sur le lot, ils ne verront pas la différence !

— Non ! On ne peut pas prendre ce risque ! Au prix que ces clients nous payent, ils n'accepteraient jamais d'être bernés. Je vais plutôt retarder la livraison à demain. Je n'ai pas tellement le choix. Mais que ça ne se reproduise plus, sinon, tu vas le regretter, Marcel !

Je réprime un frisson. Des menaces pour quatre malheureuses boîtes de gâteaux ? Ils devaient vraiment être spéciaux pour que la « dame » en fasse un tel plat ! Étaient-ils recouverts d'or ? Maman et papa m'ont dit que lors d'une réception donnée au palais de Massora, durant notre séjour en Nénucie, ils avaient goûté à des chocolats décorés de paillettes d'or alimentaire 24 carats, confectionnés par un maître chocolatier pour impressionner le roi…

Comme je n'entends plus rien, je m'aventure hors de ma cachette. Mis à part le camion, la ruelle est déserte. Je remarque soudain que la porte arrière du véhicule est restée ouverte. Curieuse, je m'approche. Je sais que je ne devrais pas me laisser entraîner par mon indiscrétion, mais je voudrais bien voir à quoi ressemblaient les fameux gâteaux qui ont été détruits par ma faute.

À ma grande déception, je ne découvre rien qui brille dans le camion. Seules quelques banales miettes de petits gâteaux au chocolat tout aussi banals jonchent le plancher. Il y a bien une boîte au fond, mais pas question de grimper à l'intérieur pour l'ouvrir. Je risquerais de me faire prendre à fouiner. Mieux vaut rebrousser chemin. Je donne un léger coup sur la laisse de Twister, mais il refuse de m'obéir. Ça devient une vilaine habitude, ma foi ! Je me tourne vers lui, impatiente. Il est dignement assis près de la porte ouverte du camion. Le coquin a reniflé les miettes de gâteaux et voudrait encore en manger !

— Ah, non ! Pas question, gros gourmand ! Tu as eu assez de sucreries pour aujourd'hui, dis-je tout bas pour ne pas me faire entendre. Allez, viens !

Cette fois, je ne lui donne pas le choix. Je l'empoigne directement par le collier. Ça me coûte de le tirer ainsi, surtout qu'il me lance un regard suppliant, mais je pressens qu'il ne faut pas traîner ici plus longtemps.

Même pour tout l'or du monde, je ne voudrais pas tomber sur la femme dont le caractère n'a rien à envier à la sorcière Maléfique de *La belle au bois dormant*...

7

Un gâteau
en pièces détachées

Juchée sur la dernière marche d'un grand escabeau, je m'étire le bras pour accrocher une lanterne de papier sur la corde à linge.

— Fais attention, mon trésor adoré au sucre d'orge et au caramel…

Je manque de perdre l'équilibre en jetant un œil irrité à grand-maman Luce.

— Euh... Je veux dire sois prudente, Joséphine! se reprend-elle en m'adressant un regard repentant.

Puis, se penchant à l'oreille de papi:

— J'oublie toujours qu'elle va entrer au secondaire bientôt...

— Ce n'est pas grave, ma Luciole, la console papi. Tu finiras par t'habituer, tu verras.

«Ma Luciole»? Côté surnom, papi n'est pas en reste par rapport à ma grand-mère, semble-t-il... À bien y penser, moi non plus. J'appelle grand-maman «Luce la puce». Je ne devrais peut-être pas me fâcher, après tout... Entre des insectes et des bonbons, je préfère nettement les bonbons! Honteuse de mon comportement, je descends pour embrasser grand-maman sur la joue.

— Tu sais, tu peux m'appeler mon trésor, si tu veux. Mais je mettrais de côté les sucreries, d'accord? De toute façon, nous aurons bien assez du gâteau tout à l'heure...

Grand-maman éclate de rire.

— C'est d'accord…, mon trésor ! acquiesce-t-elle.

Le cœur léger, je rejoins Jean-Guy, qui est en grande conversation avec mes parents et ceux de mes camarades. Je passe près de Thomas, le jeune frère de Vincent, profondément endormi dans le hamac de Catherine. Twister et Cannelle, quant à eux, sont étendus à l'ombre d'un chêne et ne quittent pas le garçon des yeux. Protecteur comme il est, je ne serais pas surprise que Twister ait signifié à sa copine de surveiller ce petit bonhomme sans défense, couché dans un engin qui renverse sans crier gare ! Cette pensée me fait sourire.

— Alors, Joséphine ! Qu'as-tu à sourire comme ça ? Tu songes peut-être à un petit ami ? me taquine Jean-Guy. Ou deux ?

Flûte ! Pour une fois que mon esprit romantique n'est pas en train de vagabonder, je me fais quand même agacer à ce sujet. Pas moyen d'y échapper. Et que je sois coupable ou non, mes joues virent au rouge vif.

Du coin de l'œil, j'aperçois Anthony. Il m'observe, le regard moqueur. Par bonheur, Vincent n'a rien entendu. Il est trop occupé à aider Catherine, qui s'est empêtrée dans les guirlandes qu'elle tentait d'accrocher à des branches d'arbre. C'est déjà ça de gagné ! *Jean-Guy, je t'adore ! Mais cette fois, tu m'as réellement mise dans l'embarras.*

J'ouvre la bouche pour me défendre, mais la sonnette de la porte d'entrée retentit. Hourra ! Sauvée par la cloche ! Je cours pour aller ouvrir.

— Attends, Joséphine ! Ce doit être le livreur ! me crie Anthony en m'emboîtant le pas. Si c'est Jiao, j'aimerais lui dire bonjour !

Super ! Je ne suis pas prête de retrouver mes couleurs normales si Anthony m'accompagne ! Mais enfin, je suis mal placée pour lui interdire de venir avec moi puisque c'est sa maison !

Anthony va donc ouvrir. Jiao est bel et bien là avec, dans les mains, deux boîtes provenant de chez *Labelle Gourmande*. Tiens... Le gâteau viendrait-il en pièces détachées ? Drôle d'idée ! Il est volumineux, mais pas tant que ça !

— Salut, Jiao ! lance Anthony. Je suis content de te voir ! Mais nous avions commandé un seul gâteau, remarque-t-il, perplexe.

Jiao dépose les boîtes sur le comptoir.

— Oui, je sais. Le gâteau que vous avez choisi est dans la grosse boîte. Dans la petite, c'est un cadeau. Pour me faire pardonner d'avoir failli vous écraser hier.

— C'est gentil à toi, mais ce n'était pas nécessaire ! s'exclame Anthony. Tu n'étais même pas au volant.

— C'était ma faute, en plus ! dis-je. Je ne regardais pas où j'allais. J'avais la tête ailleurs...

— Marcel aussi, d'après ce que j'ai pu observer. Ça lui arrive souvent dernièrement..., ajoute Jiao, hésitant. Je me demande si...

— Si quoi? interroge Anthony.

— Bof, ce n'est pas important, répond Jiao. Pour en revenir au cadeau, ce n'est pas grand-chose. C'est une des boîtes de mokas qui sont tombées quand Marcel a freiné. Il a jeté les autres boîtes. Quel gaspillage! Ce n'est pas parce que des gâteaux sont un peu écrasés qu'ils ne sont plus bons à manger. Faute de les vendre, on peut les déguster. Au moins, j'ai sauvé cette boîte-ci. Marcel l'avait oubliée au fond du camion. J'ai pensé vous l'offrir.

— Bonne idée! Mais dis donc, es-tu venu à pied avec ces boîtes? Je n'ai pas vu le camion de livraison quand j'ai ouvert la porte.

— Non, Marcel m'a déposé ici et il est reparti aussitôt. Il avait d'autres livraisons urgentes à faire. Des appels de dernière minute, à ce qu'il m'a expliqué. Comme j'avais terminé ma journée, j'ai offert de retourner chez moi à pied pour ne pas faire attendre les clients. Oh! J'allais oublier…

Jiao fouille dans ses poches pour en retirer une feuille de papier froissée, qu'il tend à Anthony.

— Votre bon de livraison.

Anthony prend la feuille, y jette un œil, puis la redonne à Jiao.

— Euh... Ce n'est pas à nous... C'est bien la date d'aujourd'hui, mais la quantité de gâteaux n'est pas la bonne... L'adresse non plus.

Jiao attrape le papier et lit ce qui y est écrit.

— Tu as raison... Marcel a dû prendre votre bon et me donner celui-ci par erreur. C'est bizarre... D'habitude, nos bons de livraison portent le logo de la pâtisserie, note Jiao, les sourcils froncés. Il ne devait plus en rester, déduit-il en remettant le papier dans sa poche.

— Ce n'est pas grave, le rassure Anthony. Pas besoin du bon de livraison, puisque le gâteau est ici. Justement, tu n'as pas envie de te joindre à nous et d'en prendre une part ?

— Je ne voudrais pas m'imposer, s'objecte Jiao en secouant faiblement la tête, trahissant son envie d'accepter la proposition d'Anthony.

— Mais non, tu ne t'imposes pas. Qu'en penses-tu, Joséphine ?

— Les amis d'Anthony sont mes amis ! dis-je, toute fière.

Anthony ne réussit pas à étouffer un fou rire. Ma fierté a tôt fait de disparaître au profit d'une immense gêne. Je dois me retenir pour ne pas me taper la tête contre le mur. *Les amis d'Anthony sont mes amis ? Ah, bravo, Joséphine ! Quel cliché ! Très originale, ta réplique ! Tu regardes trop la télévision, ma vieille !*

J'en suis encore à me réprimander intérieurement quand Catherine et Vincent font irruption dans la cuisine.

— Et moi, je t'assure que c'était ta faute, Watson ! affirme Catherine. Tu ne tenais pas les guirlandes comme il faut.

— Au contraire, Sherlock, c'est toi qui t'es emberlificotée toute seule ! Sans ton fidèle Watson, tu serais encore en train de te débattre comme une mouche dans une toile d'araignée, rétorque Vincent.

— Tu oses me comparer à une vulgaire mouche, Vincent Théberge?

Pour une fois, cette dispute tombe à pic. Quelle merveilleuse diversion! Je me dis tout de même que je devrais y mettre un terme, lorsque je remarque que mes copains rient aux éclats et se bousculent amicalement. Tiens... Ils ont fini par s'entendre! Et à ce que je vois, ils se sont même trouvé des surnoms. Ce doit être Catherine qui les a choisis. Elle est friande des aventures du célèbre détective Sherlock Holmes et de son assistant, le non moins célèbre Docteur Watson. Mes copains arrêtent toutefois de se taquiner quand ils voient Jiao.

— Salut, Jiao! dit Vincent.

— Super! Tu as livré le gâteau! s'exclame Catherine.

— Oui, et Anthony m'a invité à rester pour y goûter. J'espère que vous n'y voyez pas d'inconvénient. J'ai aussi apporté des mokas en prime, déclare-t-il en ouvrant la boîte supplémentaire.

Enfin! Je vais voir les fameuses pâtisseries qui ont causé tant de commotion dans la ruelle, hier. Je me demande bien quel goût ça a, l'or alimentaire...

Malheureusement, il va falloir que j'attende un autre jour pour manger de l'or, car il n'y en a aucune trace sur ces pâtisseries. Elles n'ont rien d'extraordinaire, quoique... à voir Catherine et Vincent se jeter dessus comme s'ils n'avaient rien avalé depuis des mois, elles doivent être très bonnes.

— Délicieux! proclame Vincent en prenant une énorme bouchée.

— Divin! renchérit Catherine, la bouche aussi pleine.

— Hé! Laissez-en pour les autres! proteste Anthony en attrapant la boîte pour la ranger dans une armoire de la cuisine. Vous allez gâcher votre appétit si vous continuez comme ça. Allez, venez! Le blé d'Inde doit être prêt, maintenant. Prépare-toi à perdre le concours du plus grand mangeur de la fête, Vincent! badine-t-il en retournant dehors.

— Ne t'en fais pas! le nargue mon copain entre deux bouchées. Ce moka me servira de réchauffement.

— Un concours? Hé! Je veux y participer, moi aussi! s'écrie joyeusement Jiao en suivant Anthony.

Je sors à mon tour, laissant Catherine et Vincent savourer leurs pâtisseries. Comme c'est agréable de les voir comme ça, tous les deux! C'est le cas de le dire, ils sont comme deux larrons en foire, désormais.

Un seul problème subsiste: qui devrais-je encourager dans le concours du plus grand mangeur d'épis de maïs?

Anthony... ou Vincent?

8

Alerte à la
gourmandise!

Nos parents, nos grands-parents ainsi que Jean-Guy sont confortablement assis autour du feu, tandis que mes amis et moi finissons de ranger la vaisselle du repas. Thomas, lui, est installé sur le gazon pour dessiner dans ses cahiers à colorier. Comme quoi le fait d'être adulte ou d'avoir six ans comporte un grand avantage: pas besoin de faire du ménage! Et entre les deux? On ramasse!

Je ne suis pas fâchée pour autant. Il y a quelque chose d'agréable à mettre de l'ordre en compagnie de ses meilleurs amis. Ça ressemble plus à une partie de plaisir qu'à du travail. À la lueur des lanternes de papier et des flammes rougeoyantes qui, plus tard, deviendront les braises sur lesquelles nous ferons griller les guimauves, c'est encore mieux. Mais avant de penser aux guimauves, il nous faut digérer un peu pour pouvoir savourer notre délicieux gâteau, de même que les mokas que Jiao nous a apportés.

J'observe Vincent à la dérobée. Depuis quelques minutes, le teint de mon camarade a viré au vert. Pourtant, il n'a pas exagéré durant le concours du plus grand mangeur. Il n'a finalement avalé que trois épis, ce qui était loin d'être suffisant pour battre Anthony, qui en a dévoré six, ou Jiao, qui a établi un record avec huit. Anthony avait sans doute raison :

Vincent s'est coupé l'appétit avec son moka.

Je détourne mon attention de Vincent et la reporte sur Catherine. Elle affiche un teint semblable à celui de mon copain, même si elle n'a fini qu'un seul maïs et n'a pas touché aux saucisses. Dommage pour elle, d'autant plus que Jiao a proposé de les faire cuire en y ajoutant quelques épices et des morceaux de fromage. Le résultat était épatant! Les saucisses nous fondaient pratiquement dans la bouche. Assurément, l'ami d'Anthony fera un excellent chef. Mais en attendant, devant la mine de Catherine et de Vincent, je dois me rendre à l'évidence : la théorie des parents sur le sucre s'avère exacte. Mieux vaut manger le repas principal avant le dessert si on ne veut pas souffrir d'indigestion.

Lorsque nous avons terminé de ranger, Anthony retourne à l'intérieur chercher le gâteau à la vanille. Je l'accompagne pour prendre de la vaisselle propre et des fourchettes.

Catherine me suit nonchalamment. Quand je lui tends une pile de petites assiettes, elle me regarde, mais ne fait aucun geste pour les attraper.

— Hé! Catherine! Tu es dans la lune?

Ma copine penche la tête de côté, comme si elle n'avait pas compris ma question.

— Hein? Quoi? Euh... José... Joséphine... Qu'est-ce que tu disais?

— Ce n'est pas important. Tu te sens bien?

Catherine ouvre de grands yeux.

— Moi? fait-elle, surprise. Bien sûr que je vais bien! affirme-t-elle en pouffant.

Je fronce les sourcils. Catherine doit être très fatiguée pour agir de cette façon. Moi aussi, quand je m'endors, je ris pour rien.

Vincent s'approche de nous. Il est encore plus vert que tout à l'heure. Décidément, les concours, ça ne lui fait pas. Anthony s'adresse à lui.

— Allons, Vincent! Ne fais pas cette tête. Ce n'est pas grave si tu as perdu le concours. Je te laisserai une chance la prochaine fois.

— Moi aussi! renchérit Jiao.

— Le concours? Quel concours? lance Vincent en faisant une moue incrédule.

Anthony et Jiao haussent les épaules.

— D'accord, d'accord! Je comprends que tu veuilles ignorer ta défaite. Ça va pour aujourd'hui, mais à l'avenir, je vais m'assurer que tu ne l'oublies pas de sitôt, blague Anthony.

Nous sortons déposer le gâteau sur la table à pique-nique. Le père de Catherine coupe des morceaux pour en offrir à tout le monde. Avant de prendre le sien, Anthony se tape le front.

— J'oubliais les mokas!

Il court dans la maison et en ressort avec la boîte de gâteaux. En descendant l'escalier de la terrasse, il rate une marche et trébuche. Il parvient à se retenir grâce à la rampe, mais il ne réussit pas à rattraper la boîte. Celle-ci tombe sur le gazon et s'ouvre brusquement sous l'impact. La bonne nouvelle, c'est que seules quelques pâtisseries s'en échappent. La mauvaise, c'est que Twister et Cannelle, qui se tenaient non loin de là pour réclamer leur part du gâteau à la vanille, fondent sur les mokas égarés tels des aigles sur une proie facile. Oh, non! Ce chocolat est poison pour eux!

— Twister, Cannelle! Arrêtez!

Trop tard! Les chiens ont déjà le museau sur les mokas. Toutefois, au lieu de dévorer les friandises tant convoitées, tous deux se redressent et reculent de quelques pas, avant de s'asseoir dignement, le poitrail bombé.

Wow! Alors là, je suis tout ce qu'il y a de plus impressionnée! Jean-Guy et moi faisons vraiment un excellent travail. Ils sont bien dressés, nos labradors! Ils m'ont obéi du premier coup!

Je ne demeure pas longtemps en admiration devant la discipline de Twister et Cannelle. Il faut que je ramasse les petits gâteaux, avant que nos toutous ne changent d'avis.

C'est alors qu'un ordre brutal retentit, m'arrachant un cri de surprise.

— Joséphine ! Attends !

9

Des gâteaux
intersidéraux

Je me redresse, stupéfaite. Jean-Guy se dirige vers moi à toute allure, le regard dur.

— Pas besoin de t'énerver, Jean-Guy! Je n'avais pas l'intention de leur donner ces gâteaux. Je sais bien que le chocolat est très mauvais pour leur santé!

Mon ami maître-chien ne me répond pas. En fait, on jurerait qu'il ne m'a même pas entendue. Twister et Cannelle, toujours assis côte à côte, ont les yeux tour à tour fixés sur Jean-Guy et sur la pâtisserie. Leurs oreilles sont dressées, leurs muscles sont crispés...

Je comprends tout à coup ce qui se passe. Cette fois, l'attitude de nos labradors n'est pas celle des chiens qui quémandent une gâterie, non ! Ils nous avertissent plutôt que quelque chose de suspect se trouve dans... dans... les gâteaux ? Je secoue la tête. Non, c'est impossible ! Il doit y avoir une autre explication.

Jean-Guy ramasse un moka et le renifle avec méfiance. Il grimace en fronçant les sourcils. Il flatte promptement Cannelle et Twister sur la tête, avant de leur lancer une balle, autant pour les éloigner que pour les féliciter de nous avoir avertis d'un danger éventuel. Fiers comme des paons, nos chiens coursent ensemble jusqu'au jouet, qu'ils se disputent gaiement.

Se tournant vers nous, Jean-Guy demande sévèrement :

— D'où viennent ces gâteaux ?

Mes parents, les parents de Catherine, ceux de Vincent ainsi que grand-maman Luce et papi nous regardent, le visage reflétant l'inquiétude qu'ils ressentent devant la tournure des événements.

— Euh... C'est moi qui les ai apportés, dit Jiao en s'avançant.

— Tu les as cuisinés ? l'interroge Jean-Guy. Nous avons pu constater que tu as du talent dans ce domaine...

Intimidé par l'expression soupçonneuse de mon ami, Jiao hésite.

— Ils viennent de la pâtisserie, répond Anthony à sa place.

— Vous les avez achetés ? continue Jean-Guy.

— Non. Je leur ai offert en cadeau, précise Jiao.

— Jean-Guy ! Vas-tu nous dire ce qui se passe ? s'exclame mon père sur un ton impatient.

— Ces gâteaux au chocolat contiennent probablement une substance illicite, lui apprend Jean-Guy sans détourner les yeux de Jiao. Or, ce que j'aimerais savoir, c'est comment ces choses sont arrivées en ta possession, mon garçon, et pourquoi tu les as apportées ici.

Le jeune livreur a la bouche ouverte et les yeux agrandis par la peur. Aurait-il délibérément amené des substances illégales ici ? Si oui, dans quel but ?

Bafouillant, Jiao entreprend de raconter les événements d'hier, depuis le moment où le camion de livraison a failli nous renverser, jusqu'à son arrivée aujourd'hui, avec le gâteau que nous avions commandé et ceux que Marcel avait oublié de jeter.

— Je vous jure que j'ignorais que ces mokas n'étaient pas normaux, affirme-t-il.

— Qui est ce Marcel ? questionne Jean-Guy.

— L'autre livreur de la pâtisserie, l'informe Jiao.

— Jean-Guy... De quelle substance illégale parles-tu ? veut savoir maman, dont les traits pâles trahissent l'anxiété grandissante.

— Eh bien, si je ne me trompe pas, ces gâteaux sentent le cannabis.

— De la drogue ? dis-je.

— Exact. Certains fabriquent des pâtisseries ou d'autres mets en y ajoutant du cannabis. On appelle ces gâteaux cuisinés des *space cakes*, ou gâteaux de l'espace, si vous préférez.

— Pourquoi ?

— À cause des effets qu'ils produisent sur ceux qui en consomment : difficulté à se situer dans l'espace et le temps, troubles de la mémoire, euphorie, sans compter d'autres effets plus dangereux. Souvent, on ne sait pas la quantité de drogue utilisée, et les effets peuvent survenir assez rapidement, tout au début de la digestion.

Au début de la digestion ? Je regarde Catherine et Vincent. Mes camarades ne semblent pas suivre le déroulement de la conversation. Catherine est assise à la table, le visage appuyé sur ses mains. Vincent, lui, est encore debout, mais il se

balance doucement d'avant en arrière, comme s'il était... dans l'espace !

Le cœur battant, je revois en mémoire mes amis en train de dévorer une pâtisserie avant le repas.

— Catherine et Vincent ont mangé un moka, tout à l'heure !

10

Trous de mémoire

Debout devant la fenêtre du salon chez Catherine, j'ai encore l'impression de voir les lumières clignotantes des ambulances qui ont emmené mes meilleurs amis à l'hôpital le plus proche. Ne sachant trop ce qui se trouvait dans les mokas, ni en quelle quantité exactement, il ne fallait pas perdre de temps. Surtout que mes copains montraient clairement des signes d'intoxication. Du moins, c'est ce que Jean-Guy et mes parents m'ont expliqué. La mère de Catherine et celle de Vincent les ont accompagnés dans les véhicules d'urgence, tandis que le reste de leur famille suivait en voiture. Avant de partir, Anthony m'a assuré qu'il m'informerait de l'état de santé de mes camarades aussitôt qu'il en saurait davantage. Je ne sais trop comment je vais patienter jusque-là... Je suis si inquiète pour eux!

En attendant, deux policiers, qui étaient arrivés en même temps que les ambulances, sont en train d'informer Jiao quant à ses droits. Ils se sont présentés comme étant l'agent Tremblay et l'agent Fortin.

— Tout ce que tu diras pourra être retenu contre toi, l'informe l'agent Tremblay, plus costaud et plus âgé que son collègue, qui semble pour sa part frais sorti de l'école de police.

— Pourquoi me dites-vous cela? Est-ce que je suis en état d'arrestation? demande Jiao, d'une voix paniquée. Je n'ai rien fait de mal!

— Non, tu n'es pas en état d'arrestation, répond l'agent Fortin d'un ton qui se veut rassurant, malgré tout. Mais nous ne connaissons pas encore le rôle que tu as joué dans cette histoire.

Je regarde mon ami Jean-Guy. Il sent mon inquiétude devant cette situation et me fait un léger signe de tête pour me tranquilliser.

— Veux-tu appeler tes parents? offre le plus vieux policier à Jiao.

— Non! Je veux vous assurer que je n'ai rien à voir avec tout ça. Je ne comprends pas ce qui se passe! se défend le jeune livreur, faisant fi des recommandations des agents. Jamais je n'aurais mis des enfants en danger. J'ai un frère à peine plus âgé que Catherine et Vincent et je ne pourrais pas supporter qu'il lui arrive quelque chose... Alors de penser que moi, j'aurais pu infliger...

Jiao en perd ses mots. Maman et papa me tiennent chacun une main, aussi impuissants que moi devant la détresse du jeune homme. Je suis persuadée qu'il dit la vérité! Son regard est le même que celui d'Anthony quand Catherine est en danger : un regard de protecteur, pas celui d'un malfaiteur. Je suis sûre qu'il voulait bien faire en nous offrant les pâtisseries et qu'il n'avait aucune idée de ce qu'elles contenaient réellement. Si seulement je pouvais faire quelque chose pour l'aider. J'ai le sentiment que des morceaux du casse-tête m'échappent... Mais lesquels?

— Il serait quand même souhaitable que tu appelles tes parents, insistent les policiers, tandis que je continue de me questionner intérieurement.

Résigné, Jiao finit pas acquiescer. Il attrape le téléphone, signale son numéro, puis explique brièvement la situation à ses parents. Avant de raccrocher, il s'informe auprès du policier Tremblay.

— Mon père demande si vous allez m'emmener au poste.

L'agent s'approche et prend le combiné pour donner des renseignements au papa de Jiao. J'apprends en même temps que le jeune livreur qu'il sera bel et bien emmené au poste de police pour être interrogé.

Jiao marche devant, escorté par les deux hommes. La tête basse, il se dirige vers la voiture de police stationnée dans la rue. Mes parents, Jean-Guy et moi les suivons, Twister et Cannelle sur nos talons.

Arrivés près du véhicule, les agents nous disent de rester disponibles, au cas où ils auraient des questions supplémentaires à nous poser pour dénouer l'enquête.

Avant d'entrer dans la voiture, Jiao réfléchit tout haut, les sourcils froncés.

— Il doit y avoir une erreur…

Je pousse une exclamation de stupeur. Une erreur ! Bien sûr ! Ce mot a comblé d'un coup tous les trous de ma mémoire ! Je me rappelle maintenant ce qui m'échappait !

Je parie qu'avec ce que je sais, je pourrai tirer Jiao de ce pétrin…

11

Les dernières pièces
du casse-tête?

— **A**ttendez! dis-je aux policiers.
Il y a bel et bien eu une erreur : une
erreur de destinataire.

— Que veux-tu dire? me demande
l'agent Tremblay, alors que son
collègue sort son carnet de notes.

J'ai un pincement au cœur. D'ordinaire, c'est Catherine, en bonne

détective en herbe, qui recueille les indices. Je refoule les larmes que je sens monter à mes yeux. Non! Ce n'est pas le moment de me laisser aller. Je prends une bonne inspiration avant de répondre.

— Les gâteaux n'étaient pas censés être livrés ici! En fait, ils n'auraient jamais dû être livrés, point. Parce qu'ils étaient écrasés. Mais Jiao a eu l'idée de nous les apporter.

Tous m'observent, le regard interrogateur. Je les comprends. Mon histoire semble à la fois pleine d'évidences et tellement embrouillée. Moi-même, ça m'a pris un temps fou pour y voir clair. Mais maintenant, je comprends. Pourvu que j'arrive à exposer mon hypothèse de façon convaincante.

J'entreprends de tout démêler en racontant ce qui s'est passé hier quand j'ai emmené Twister faire ses besoins dans la ruelle, derrière la pâtisserie.

— Je ne savais pas ce que la dame et Marcel le livreur voulaient dire par «gâteaux ordinaires». La femme était en colère parce que quatre boîtes de mokas avaient été écrasées. Elle était en colère parce que ces mokas n'étaient pas « ordinaires », justement. Parce qu'ils étaient confectionnés avec de la drogue !

Je me penche pour flatter Twister. Il a les oreilles dressées, comme s'il suivait attentivement la conversation.

— Je n'ai pas compris que mon chien m'avertissait d'un danger, quand il s'est assis derrière le camion de livraison. Je croyais qu'il voulait encore manger des gâteaux. Mais aujourd'hui, je suis certaine qu'il avait reniflé l'odeur de la drogue !

Les policiers s'adressent à Jean-Guy.

— Vous croyez vraiment que Twister peut encore détecter des substances illicites ? Vous nous avez dit plus tôt qu'il était à la retraite, non ?

Jean-Guy hoche la tête.

— En effet ! Mais Twister nous a prouvé maintes fois qu'il est toujours très fiable. La seule raison pour laquelle il est à la retraite, c'est qu'il n'a plus ses capacités physiques d'antan : il ne peut plus sauter sur de très hautes caisses pour les sentir, ou bien se faufiler entre les sièges étroits d'un avion à fouiller. Son flair, quant à lui, n'a rien perdu de son efficacité. La preuve en est que tout à l'heure, il a réagi aussi promptement que ma chienne Cannelle, qui elle, est toujours en service actif.

Les agents se regardent, indécis. Ouf! J'ai l'impression qu'ils accordent de l'importance à mes explications. Et Jean-Guy vient de leur donner de la crédibilité. Je poursuis, encouragée :

— Il y a eu une erreur de destinataire pour la livraison des mokas. D'après ce que j'ai entendu la femme confier à Marcel, une nouvelle livraison devait avoir lieu aujourd'hui même. Ça, c'est facile à prouver...

Je m'approche de la fenêtre de la voiture de police.

— Jiao! As-tu toujours le papier que tu as voulu nous remettre en arrivant ici?

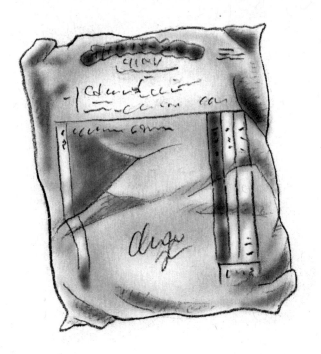

D'abord incrédule, Jiao ouvre grand la bouche, comme si lui aussi venait de comprendre soudainement sur quelle piste je veux lancer les policiers. Lentement, il retire le bon de livraison de sa poche et le leur tend.

— Les gâteaux, ou du moins d'autres gâteaux semblables à ceux que j'ai apportés ici, étaient probablement destinés à cette adresse..., avance-t-il en me gratifiant d'un sourire rempli de reconnaissance.

105

Les agents lisent tour à tour les renseignements inscrits sur le papier.

— Qui sait si la pâtisserie *Labelle Gourmande* n'est pas tout bonnement une façade pour pouvoir apprêter des gâteaux destinés à une clientèle bien spéciale..., allègue Jean-Guy.

— C'est bon, déclare l'agent Tremblay. On ne perd rien à vérifier tout cela.

Il prend place derrière le volant de la voiture, pendant que son collègue s'installe sur le siège du passager, son carnet de notes noirci par les renseignements que nous avons fournis.

— Je vous remercie de votre collaboration. Particulièrement toi, jeune fille, termine le policier en me regardant dans les yeux.

Alors que la voiture démarre, j'ai le temps de voir que l'agent Fortin attrape un émetteur-récepteur pour y donner des indications. Je ne peux pas entendre ce qu'il dit, mais je souhaite de tout cœur qu'il m'a suffisamment prise au sérieux pour tenir compte de mon avis.

Reste à espérer que nous ne nous somme pas trompés, et que ces pistes sont bel et bien les pièces manquantes de ce terrible casse-tête...

12

Une nuit interminable

Mes parents et moi sommes retournés à notre maison, tandis que grand-maman Luce et le papi de Catherine sont allés chez eux se reposer un peu, en attendant d'autres nouvelles. Jean-Guy, lui, a reçu un appel d'urgence et il a dû partir avec Cannelle. Il ne nous a pas révélé où ils allaient. Secret professionnel, j'imagine...

Maman et papa m'ont offert de prendre un bon bain chaud avant d'aller me coucher, mais je n'avais pas réellement la tête à ça. J'ai décidé de mettre mon pyjama et d'aller directement au lit. Je me glisse sous mes couvertures en compagnie de mon beau Twister. D'habitude, mon chien dort sur la carpette près de ma commode, mais là, j'ai besoin de sa présence près de moi. Il le comprend, car il se blottit de tout son long contre mon corps.

Je suis couchée depuis quelques secondes à peine, quand des coups discrets retentissent à ma porte.

— Joséphine! Nous pouvons entrer?

— Oui, bien sûr! dis-je, ne voulant pas ajouter à l'inquiétude de mes parents en leur refusant l'accès à ma chambre.

Ma mère vient s'asseoir tout près de moi et passe lentement ses doigts dans mes cheveux, comme elle le faisait quand j'étais toute petite et que j'étais malade. Sauf que là, ce n'est pas moi qui suis malade. De nouvelles larmes me piquent les paupières. Je me force à les chasser.

Mon père, qui s'est installé à mes pieds, ne perd rien de mes expressions même si j'essaie de me cacher. Il s'adresse à moi d'une voix douce.

— Je sais que tu t'en fais beaucoup, ma chérie. Mais les médecins vont bien s'occuper de Catherine et de Vincent, tu verras. Tes amis vont s'en tirer.

Je le fixe intensément.

— Est-ce que tu peux me le promettre?

Papa baisse légèrement la tête.

— J'ai fait quelques recherches... Il est extrêmement rare que des personnes... euh... succombent après avoir pris du cannabis. Les effets s'estompent généralement d'eux-mêmes, après quelques heures...

— Mais...?

— Mais certains enfants ont déjà été dans le coma après avoir absorbé cette drogue, m'avoue-t-il, à regret.

Dans le coma ? Cette espèce de sommeil qui peut durer des jours, des mois, voire des années ? *Non ! Pas mes amis, non !*

Ma mère, ayant perçu les tremblements qui m'agitent, tente de me rassurer.

— C'est vraiment très rare, ma Joséphine. Et dans ces cas extrêmes, les enfants n'avaient pas bénéficié de soins médicaux appropriés. Ni d'un avertissement comme celui que nous ont donné Twister et Cannelle, remarque-t-elle en caressant les flancs de mon labrador. Tu devrais être fière d'eux !

Cette fois, les larmes commencent à couler sans que je puisse les retenir.

— Je suis fière d'eux, dis-je entre deux sanglots. Mais pas de moi !

Mes parents me regardent, les yeux arrondis par la stupeur.

— Qu'est-ce que tu racontes, ma grande ? s'exclame papa. Tu as aidé les policiers en te souvenant de la conversation entre Marcel le livreur et la femme inconnue. Tu as rappelé à Jiao le papier de livraison qu'il avait dans ses poches...

Je secoue la tête.

— Peut-être... Mais ça ne veut pas dire que l'enquête sera résolue pour autant. Si je me trompais ? Et encore, ce n'est pas ça, le plus grave ! Le plus grave, c'est que je n'ai pas compris ! Je n'ai pas compris tout de suite !

— Tu n'as pas compris quoi ? s'informe maman.

— Je n'ai pas compris que Twister m'avertissait d'un danger, hier. Je l'ai forcé à me suivre alors qu'il avait débusqué la drogue dans les pâtisseries ! finis-je par admettre, honteuse. Si j'avais prêté plus attention à mon chien, Catherine et Vincent n'auraient jamais mangé les mokas !

Twister, surpris par la vigueur de mes paroles et de mes pleurs, relève sa tête et vient la poser sur mon épaule, comme s'il cherchait à me consoler.

— Voyons, Joséphine ! s'écrie papa. Tu ne peux pas voir les choses de cette façon! Tu n'avais aucun moyen de savoir ce qui se passait réellement. En plus, je suis bien content, moi, que tu n'aies pas compris tout de suite tout ce qui se tramait là-bas!

Je regarde mon père, incrédule. Comment peut-il dire une chose pareille?

— Si tu avais tout saisi hier, qu'aurais-tu fait? poursuit-il. Affronter les malfaiteurs? Dans ce cas, c'est toi qui aurais couru un grave danger! Et ça, je... je n'aurais pas pu l'accepter! termine mon père, la voix brisée par l'émotion.

— Nous t'aimons tant, ma Joséphine! souffle maman en me prenant dans ses bras.

Papa vient se joindre à nous, et nous restons soudés les trois ensemble durant quelques minutes.

— Dormez! nous conseille mon père, avant de s'éloigner lentement en direction de la porte. Il est déjà très tard. Moi, je vais attendre les nou- velles, d'accord?

— J'aimerais attendre avec toi...

— Non, Joséphine. Tu ne peux rien faire de toute façon. Il vaut mieux que tu sois bien reposée. Ça ne sert à rien de te rendre malade à ton tour.

— Si tu veux, je vais rester avec toi, propose ma mère en se trouvant une petite place pour s'étendre dans mon lit.

Je hoche la tête, résignée.

— Tu vas me réveiller quand tu auras des nouvelles, papa?

— Je te le promets.

Je ferme les yeux, blottie entre ma mère et mon Twister. Bien que soulagée par leur présence, je suis loin d'être certaine que je pourrai trouver le sommeil.

Cette nuit sera sans nul doute l'une des plus longues de ma vie...

13

Erreur
sur la sorcière

Je marche au ralenti, comme si je pesais une tonne. Chacun de mes pas est lourd et excessivement lent. Je tends les bras devant moi, telle une momie qui s'éveille d'un sommeil de plus de deux mille ans. J'ai peur de buter sur un obstacle, car dehors, il fait un noir d'encre. Il y a des millions d'étoiles au-dessus de ma tête, mais elles sont sans éclat. On dirait qu'elles ont subitement arrêté de briller.

Je plisse les yeux. C'est bizarre...
Je ne distingue pas la lune! Je ne
peux donc pas compter sur elle pour
me procurer un peu de lumière.
Pourtant, aucun nuage ne voile le ciel.
Comment un tel phénomène est-il
possible? Est-ce que la lune peut
disparaître sans laisser de trace?

Je reporte mon attention sur mes
pieds. Malgré l'épaisse obscurité, je
réussis à voir la terre sur laquelle je
me déplace. Elle est brunâtre et
remplie de cratères. Quelques-uns
sont minuscules, ressemblant à des
fourmilières, tandis que d'autres sont
énormes, à l'image de puits sans fond
creusés à même le sol. Une enjambée
de trop et je tombe! Je n'ose plus
avancer, terrorisée à cette perspective.

Un frôlement près de moi me fait
sursauter.

— Bienvenue sur la lune, mon
enfant! s'exclame une voix grinçante
à donner des frissons dans le dos.

Je me retourne, sur la défensive.
Tout d'abord, je ne vois rien du tout.

Puis un faisceau de lumière éclaire les alentours, révélant une femme qui s'approche sournoisement, le dos voûté. J'ai un mouvement de recul en la détaillant : sa peau est verdâtre, pleine de pustules, ses yeux sont boursouflés, ses iris sont d'une couleur rouge sang et son nez crochu est beaucoup trop long pour son visage.

— Bienvenue sur la lune ! répète-t-elle en me tendant un panier d'osier.

Même si je n'ai pas envie de prendre quoi que ce soit venant de cette hideuse créature, je ne peux m'empêcher d'attraper le panier. Une force mystérieuse me pousse à le faire. Je baisse la tête pour voir ce que la corbeille contient. À ma grande surprise, j'y trouve des dizaines de gâteaux au chocolat, tous plus appétissants les uns que les autres.

— Mange, mon enfant ! Mange ! C'est bon, tu verras...

J'essaie de résister, mais la voix aigre de la femme m'hypnotise. Les doigts tremblants, je m'empare d'un gâteau, incapable d'arrêter mes gestes.

*Non, non! Il ne faut pas! Résiste,
Joséphine!*

Je me redresse tout d'un coup, le
front en sueur. Je regarde partout
autour de moi. J'aperçois ma commode, ma garde-robe ainsi que la
carpette sur laquelle mon Twister est
endormi. Il a dû retourner s'y coucher

dans notre système. Pas très agréable, mais efficace!

— Ça doit être pour ça que je me sens gonflé, blague alors Vincent, qui vient d'apparaître derrière moi, accompagné de ses parents et de son petit frère.

— Vincent! dis-je en me jetant dans ses bras.

Vincent me serre contre lui, heureux. Son visage a repris des couleurs. Je remarque soudainement que c'est pareil pour Catherine. Ma meilleure amie a les joues toutes rouges. Est-ce que l'arrivée de Vincent y serait pour quelque chose? Je ne peux toutefois pas m'attarder sur cette question, car la porte de la maison s'ouvre.

— Allons! nous invite madame Miron. Venez! Nous pourrons parler un peu et nous remettre de nos émotions.

Nous ne nous faisons pas prier et nous prenons place au salon. Grand-maman Luce et papi y sont déjà installés. Nous venons à peine de nous asseoir à notre tour que des éclats de voix nous parviennent depuis l'entrée. Pendant que monsieur Miron va jeter un coup d'œil, je me rends compte que je n'ai pas vu Anthony depuis que nous sommes là. Je me demande bien où il est...

— Bonjour, tout le monde !

Je lève la tête, surprise. Anthony vient justement d'arriver, en compagnie de...

— Jiao ! s'exclament en chœur Catherine et Vincent. Que fais-tu ici ? ajoutent-ils, un peu méfiants.

— Je crois que je peux répondre à vos questions, lance Jean-Guy, qui pénètre à son tour dans le salon, suivi de sa fidèle Cannelle.

Remarquez, fidèle jusqu'à un certain point ! Dès qu'elle voit Twister, la chienne va se poster près de lui. Jean-Guy ne s'en formalise pas. Au contraire, il leur jette un regard attendri.

— Alors, Jean-Guy, que peux-tu nous apprendre ? le presse mon père.

— Eh bien… Grâce aux renseignements fournis par Joséphine et Jiao,
des malfaiteurs ont été appréhendés
la nuit dernière. Les policiers se sont
rendus à l'adresse inscrite sur le bon
de livraison. Ils ont mis au jour un
café qui offrait, clandestinement et
illégalement, des gâteaux contenant
bel et bien du cannabis. La femme
que tu as entendue hier dans la ruelle,
Joséphine, était une employée des
propriétaires du café. Avec la compli-
cité de Marcel, ils se servaient du
camion de *Labelle Gourmande* afin de
passer inaperçus pour effectuer leurs
livraisons. Les policiers ont commu-
niqué avec moi pour que j'aille faire
des fouilles au café en compagnie de
Cannelle. Nous y avons découvert de
nombreux mokas suspects. Quant à
la pâtisserie *Labelle Gourmande*, nous
nous y sommes également rendus,
mais n'y avons rien trouvé d'illicite.
Madame Labelle était atterrée d'apprendre que son camion avait servi
pour un commerce illégal. Marcel a
d'ailleurs confirmé qu'elle n'était au

courant de rien. De peur d'écoper d'une peine de prison sévère, il a accepté de révéler tout ce qu'il savait à propos des opérations du café. Alors voilà! L'affaire est pratiquement résolue. C'est maintenant au tour des procureurs de déterminer quelles accusations exactement seront portées contre les individus impliqués.

Le récit de Jean-Guy terminé, nous restons quelques secondes muets d'étonnement, comme si quelqu'un avait appuyé sur un bouton de silence invisible. Puis, aussi soudainement qu'il s'était installé, le silence s'envole au profit d'un brouhaha composé de cris de joie, de soupirs de soulagement et de joyeuses embrassades.

Au milieu de cette euphorie, je sens une main m'agripper et m'entraîner vers la cuisine. Intimidée, je me retrouve face à Anthony. Le frère de mon amie me fixe intensément.

— Joséphine... Je tiens absolument à te remercier pour tout ce que tu as fait. Tu as contribué à innocenter mon copain Jiao, mais surtout...

Anthony arrête de parler quelques instants, submergé par l'émotion. Il essuie vivement une larme avant de reprendre.

— Surtout, tu as réagi assez rapidement pour éviter que ma sœur ne soit gravement malade, et ça, je ne l'oublierai jamais! Tu as beaucoup de courage, Joséphine, et je t'admire! termine-t-il en déposant un petit baiser sur ma joue.

Incapable d'articuler une seule parole cohérente, je le laisse de nouveau m'entraîner. Main dans la main, nous retournons au salon. Pour une fois, ni mes parents, ni Jean-Guy, ni grand-maman Luce ne me taquinent. Pas même Catherine et Vincent, qui sont assis ensemble sur le grand divan. Je me dis que, décidément, cette dernière aventure aura changé certaines choses...

Profitant de cette accalmie, Jiao s'avance au milieu de la pièce.

— J'avais oublié quelque chose! lance-t-il en se précipitant à l'extérieur.

Il revient quelques secondes plus tard, portant une grosse boîte blanche aux couleurs de *Labelle Gourmande*.

— Pour vous remercier de tout ce que vous avez fait pour moi, des mokas au chocolat, ça vous tente ?

Nous le regardons, bouche bée, aussi surpris qu'incrédules. Devant notre réaction, Jiao s'esclaffe.

— Mais non ! J'ai apporté une charlotte aux fruits ! s'amuse-t-il en ouvrant la boîte.

Twister et Cannelle accourent vers ce présent en battant de la queue. Soulagés, nous éclatons de rire à notre tour. Dire que pas plus tard qu'hier matin, je rêvais d'un peu de calme !

Je n'aurais jamais cru dire ça un jour, mais vivement que mes vacances finissent et que l'école recommence !

Table des matières

Sylviane Thibault

Parfois, des événements pris séparément peuvent sembler anodins! Mais quand on les regroupe, ils s'avèrent très significatifs. Avec cette nouvelle aventure de Twister, c'est ce que j'ai voulu démontrer. En fait, j'ai surtout voulu m'amuser un peu, en bâtissant une histoire dans laquelle on a l'impression qu'il ne se passe rien de dramatique, mais qui, en fin de compte, est remplie de péripéties de toutes sortes. C'est donc une aventure «casse-tête» que je vous propose avec ce huitième volet de la série Twister. À vous maintenant de mettre en place tous les morceaux!

J'ai adoré écrire cette histoire et c'est pour moi un grand bonheur que de la partager avec vous. Si vous avez aimé la lire et que vous avez envie de partager à votre tour vos petits bonheurs avec moi, n'hésitez pas à m'envoyer un courriel à l'adresse suivante:

lecteurs@sylvianethibault.com

Vous pouvez aussi visiter mon site Internet, au **www.sylvianethibault.com**

Derniers titres parus dans la
Collection Papillon